Anna Dorb

„Haben Sie den Herrn Hämpfel gesehen?"

Ein Kater erzählt
einschneidende
Geschichten
seines Lebens

2008

„Haben Sie den Herrn Hämpfel gesehen?"

Erzählungen eines immer müden „Nimmersatt"

Frei übersetzt in die für „Zweibeinhaber" verständliche Sprache von Anna Dorb

Bibliografische Information der Deutschen Nationalbibliothek:
Die Deutsche Nationalbibliothek verzeichnet diese Publikation in der
Deutschen Nationalbibliografie; detaillierte bibliografische Daten sind im
Internet über http://dnb.d-nb.de abrufbar.

© 2008 Anna Dorb (Autor, Bilder, Fotos und Illustrationen)
Illustration „runde Treppe" von T.H. Sie Berlin
Umschlaggestaltung, Herstellung und Verlag:
Books on Demand GmbH, Norderstedt
ISBN: 978-3-8370-3165-2

Eine kleine „Suchmaschine"

Die Namenserklärung	S 10
Der Baum	S 13
Die erste Reise	S 16
Ich Wampi	S 21
Der Pelzmantel	S 22
Die Hängematte	S 23
Morli lacht	S 26
Die runde Treppe	S 28
Der Häuslebauer	S 29
Kühe	S 32
Der Hoppler	S 34
Sitzgelegenheiten	S 38
Der Dachgucker	S 41
Die Katzenklappe	S 42
Die Entführung	S 43
Auf der Flucht	S 47
Die Sonne	S 48
Türöffner	S 51
Die Bürstenmassage	S 52
Absolut tabu	S 55
Frühstück	S 56
Die Schreckensnacht	S 58
Der Gute	S 67
Bewegungshilfen	S 68
Der Tunnel	S 70
Die Milch macht's	S 72
Schluckbeschwerden	S 73
Der Sommersitz	S 77
Die Schlingenfalle	S 79
Bitte wer ist der Herr Haubner?	S 87

Viel Vergnügen mit dem
Herrn Hämpfel
wünscht

Anna Dorn ;-)

Bad Reichenhall
03. Dez. 2012

Dieses Büchlein ist gewidmet einem kleinen Kerl, der vor unserer Haustüre saß und nie wieder weg ging.
Einem Winzling auf vier Samtpfoten, mit denen er so laut trampeln kann, dass man im Keller hört, wenn er im Flur darüber läuft.
Einem kleinen Macho, der einem den letzten Nerv rauben kann, aber wenn er einmal nicht in Sichtweite sein sollte, macht man sich schon um ihn Sorgen.
Einem haarigen Zwerg, der sich erst in unser Haus, dann in unser Leben und letzten Endes in unsere Herzen geschlichen hat...........

E. W.

„Bla, bla, bla , bla, bla,.............
So, bin ich jetzt endlich dran?
Ist das jetzt mein Buch oder nicht?
Also dann geht's <u>jetzt</u> los."

Gestatten, dass ich mich vorstelle?
Hämpfel. – <u>Herr</u> Hämpfel!
Ein komischer Name? Vielleicht. Aber im Laufe meiner Geschichten wird sich das und vieles andere aufklären.

Wo ich jetzt genau herkomme, das weiß ich eigentlich gar nicht mehr. Soweit ich zurückdenken kann, sitze ich da vor einer Haustüre und warte.

Warte, bis sich irgend jemand darum kümmert, meinen Hunger zu stillen.
Aber die „Zweibeinhaber", die <u>meine</u> Türe immer vor meiner Schnauze zumachen, geben mir einfach nix.
Drei mal wurde es dunkel und drei mal wieder hell, bis ich sie endlich dazu „überreden" konnte, mir etwas zu geben.

Doch dann gab es gleich soviel von allen möglichen Seiten, dass ich bis heute daran knabbere. Es wird einfach immer wieder nachgefüllt. Wie im Schlaraffenland.
So beschloss ich zu bleiben, denn hier gefiel es mir ausgesprochen gut.

Einmal habe ich gehört, dass der, der immer aus meiner Türe rauskommt, mit den anderen „Zweibeinhabern", die immer von der hohen Mauer runtergucken und sie so einen großen Vorbau hat, geschimpft hat.

Anscheinend ging es um mich.

Ich dürfe nur von einer Stelle gefüttert werden und der „Mietzel", also das war jetzt ich, hätte sich nun mal hier vor dieser Haustüre eingenistet.

Das stimmt zwar schon, aber zum Fressen kann ich doch auch woanders hin, oder?

Na ja, also die „Zweibeinhaber", die immer von der hohen Mauer runtergucken, verwöhnten mich schon auch sehr.

Es gab die feinsten Sachen und die hatten so eine Freude daran, wenn ich nichts davon übrig ließ.

Aber, - sie hatten auch einen Nachteil Es gab da nämlich noch so einen wie mich, nur war der schwarz und viel älter als ich. Er hatte ein rotes Halsband aus Leder mit Nieten, das er voller Stolz zeigte. Ich hatte kein Halsband.

Das würde ich auch gar nicht haben wollen. So etwas muss doch sehr stören. Oder wenn man damit wo hängen bleibt. Nicht auszudenken.

Er kam sich jedenfalls wunderschön damit vor und verhielt sich entsprechend eingebildet.

Dabei war doch ich der Schönste!
Sagen zumindest immer alle. Oder wenigstens so lange, wie ich noch schlank war. Obwohl, mein schönes, weiches, gepflegtes Fell mit der „wunderbaren Maserung" das gleiche geblieben ist. Was soll's.
Die Namen, die mir mit der Zeit gegeben wurden, haben sich ja auch ständig geändert.
Ganz am Anfang hieß ich also „Mietzel", doch die „Namensgeberin", die immer aus meiner Türe rauskommt, sagte immer „Hämpfele" zu mir.
Sie erklärt dann immer all denen, die es genau wissen wollen, dass der Ausdruck „Hand voll" bedeutet, weil ich früher so klein war, und in eine Hand gepasst habe und dies ein „fränkischer Begriff" sei.

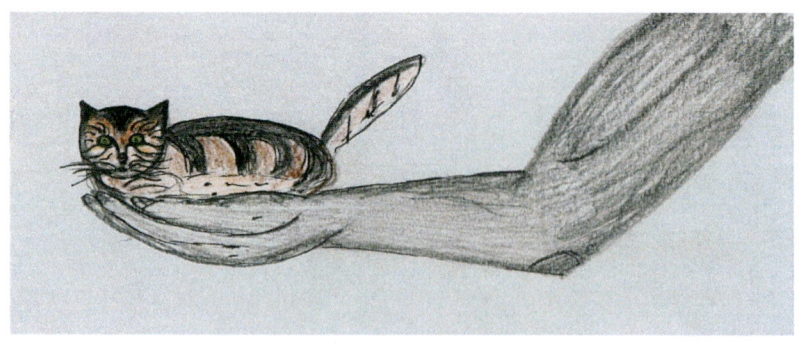

„Hämpfel" = Hand voll

*Dorle –
einer meiner
größten Fans.*

*Maria ist auch
eine,
die immer kommt
und wieder geht.
Aber eine liebe!*

Was immer das heißen mag. Von wegen „Hämpfele".
Dass ich in eine Hand gepasst habe war, dank der vielen Kräcker, ganz schnell vorbei,.
Hatte sich was mit dem „le" und ich war „Hämpfel".
Und mit zunehmendem Alter (und auch Gewicht), wurde ich eben respektvoll „Herr Hämpfel" genannt.
Trotzdem hat mich dauernd irgendeiner hochgenommen und mir dabei fast wieder das Futter rausgedrückt.
Man muss sich das einmal vorstellen.
Da sitzt man da und hat gerade lecker gekräckert, na ja, das ist bei mir eigentlich immer so, aber egal,
dann kommt so jemand und packt mich mit seinen zwei „Pratzen" und drückt mir dabei auf die Wampe,
nur um mir anschließend die Selbige zu graulen.

Doch das wiederum gefällt mir sehr. Ich mach dann einfach die Augen zu und schnurre vor mich hin.

Wenn ich keine Lust mehr habe, oder es ist einer von der Sorte, die mir einfach nicht gefällt, dann drehe und wende ich mich so lange, bis er oder sie mich loslässt. Dann schleich ich mich davon und verstecke mich in einem meiner geheimen Winkel.

Davon habe ich sehr viele. Einer davon zum Beispiel ist hoch oben in einem großen Baum, der gegenüber von dem Haus mit „meiner Türe" steht.

An der Stelle, wo die dicken Äste anfangen in den Himmel zu ragen, sammelt sich immer viel Laub.
Das sieht dann aus wie ein großes Nest, so eines wie das, in dem meine „gefiederten Freunde" wohnen. In der warmen Jahreszeit, wenn die Blätter von dem Baum ganz groß und grün sind, kann mich keiner sehen, wenn ich es nicht möchte.
Aber <u>ich</u> sehe dafür <u>alles</u>!
Zu diesem Platz komme ich ganz leicht hin.
Und zwar über die hohe Mauer, von der die „Zweibeinhaber" immer runtergucken.
Zum Glück gibt es so etwas wie eine „Brücke" dahin.
Ich glaube, die wurde extra für mich gebaut.
Obwohl, - wenn ich es mir recht überlege, war die schon vor mir da und der „Schwarze" mit dem roten Halsband, den sie „Morli" nennen, stolziert da auch immer hoch und verschwindet dann hinter einer „Klappe".
Inzwischen habe ich mich schon schlau gemacht und weiß, wo es da hingeht.
Dahinter wohnen die „Morlibesitzer", die immer von der hohen Mauer runtergucken.
Die haben für ihren „Schwarzen" ein ganzes Büfett aufgestellt. Da gibt es einfach alles, was ein Katerherz begehrt. Verschiedene Sorten Trockenfutter, Hähnchenfleisch mit Saft, Fisch in Aspik, Katzenmilch und Wasser. Einfach toll!!!!

Von da an habe ich mich immer auch hier bedient.
Ich fragte mich zwar schon, wer da noch alles zum Fressen kommen könnte, aber im Grunde war es mir egal. Hauptsache <u>ich</u> bekam genug.
Außer dem „Schwarzen" und mir ist aber keiner gekommen und manchmal war es sogar so, dass wir das gleiche erhielten, wie die, die hinter der Klappe wohnen.
Das legten sie dann direkt vor unsere Pfoten und meistens war es sogar noch warm. Also das ist doch wirklich erstklassiger Service. Ich war begeistert.

Nur der „Schwarze" mit dem roten Halsband nervt mich immer. Ständig schleicht er um mich herum und sieht mich ganz schief an. Und hin und wieder „pratzelt" er mir eine.
Dann zieh ich meinen Schwanz ein und „zieh Leine".

Zur Strafe wird er von mir gar nicht beachtet. Ich tue einfach so, als wäre er nicht da und das „stinkt" ihm dann immer recht.

Die „Morlibesitzerin" mit dem großen Vorbau ist immer ganz entzückt, wenn sie mich sieht. Nur er, also der, der immer von der hohen Mauer unterguckt, hat sich bei dem „meinigem" beschwert, ich würde dauernd zu denen kommen und betteln.

Aber mein „Verteidiger" sagt dann immer nur, dass sie sich das selber eingebrockt hätten und sie mir ja einfach nichts geben bräuchten.
Da hat er im Prinzip schon Recht.
Aber um ehrlich zu sein, mir gefällt es so <u>noch</u> besser.

Eines Tages hat mich mein „Auserwählter" in einen Korb mit Henkel gesperrt, um mit mir irgendwohin zu „fahren". Er verfrachtete mich also mitsamt diesem Korb in so ein „Wesen aus Blech" mit vier runden Scheiben, die sich drehen. Dann hat es immer so geruckelt, gezuckelt und gebrummt und die Welt lief an meinen Augen vorbei, obwohl ich mich selbst gar nicht von der Stelle bewegen konnte.
Weil ich nicht wusste, wo die Fahrt mit mir enden würde, hab ich vor Angst so laut geschrien, wie ich nur konnte.

Mein „mit mir irgendwohin Fahrer", ist zusammengezuckt und hat immer was gesagt wie: „Psst" und „Beruhige Dich doch!", „Dir passiert doch nichts." Aber ich hab nix verstanden, weil ich so laut geschrien habe.
Er hat dann später seiner „Mitbewohnerin" davon erzählt und behauptet, dass sich irgendwelche Leute uns zugewandt hätten, wenn er an einer Ampel warten musste.

Ganz neugierig geschaut hätten sie und es wäre so peinlich gewesen. Und dann hat er noch gesagt, dass ich keinen guten Beifahrer abgeben würde. Ich weiß einfach nicht, was er damit meint.

Auf jeden Fall sind wir irgendwo gelandet, wo ich noch nie zuvor gewesen bin. Es war alles so merkwürdig und fremd. Es roch nach anderen „Vierbeinhabern" und auch nach meinen „gefiederten Freunden". Manche konnte ich durch die schmalen Schlitze meines Käfigs erkennen.
Jedes Tierchen war in Begleitung eines „Zweibeinhabers". Ich wollte jetzt gar nicht mehr raus aus meinem Korb und hab mich mucksmäuschenstill verhalten.
Doch als wir aufgerufen wurden, wollte mein „Begleiter" plötzlich, dass ich wieder rauskomme. Ich hab mir nur gedacht: „Da kann er jetzt aber lange warten." Und als er mich mit seinen Pratzen gepackt hat und herausziehen wollte, hab ich mich mit allen Vieren dagegen gestemmt, dass die Decke, auf der ich saß, ganz „verwurschtelt" war.
Aber er ist ja viel, viel größer und stärker als ich und so musste ich halt wieder nachgeben.
Was kann man machen? Nichts!
Er hat mich auf einen ganz glatten und kalten Tisch gesetzt, aber ich hab so geschlottert vor Angst, dass ich das gar nicht so gemerkt habe.

Dann kam ein anderer „Zweibeinhaber" mit einem weißen Kittel dazu und die beiden haben sich unterhalten. Der „Weiße" hat mich genommen, gedreht und gewendet, mir in die Gosche und in die Ohren geschaut.
Er hat mich irgendwohin gesetzt und eine Zahl genannt, wieviel ich wiegen würde und danach musste ich etwas unterschlucken. Das war für mich überhaupt kein Problem, denn schlucken konnte ich schon meisterhaft.
Viel schlimmer war, als er mich mit einem ganz spitzen Gegenstand so dermaßen gepikst hat, dass ich mich jetzt nicht mehr zurückhalten konnte und endlich wieder einen Ton von mir gab. Dabei war es gar nicht mal so schlimm. Ich wollte halt nur auch mal wieder was sagen.
Als die zwei endlich mit mir fertig waren und ich mich gerade an die vermeintliche „Freiheit" gewöhnt hatte, sollte ich doch tatsächlich wieder in diesen Korbkäfig.
Also so ein hin und her. Versteh einer diese Leute.

Aus Protest habe ich auf der anschließenden Heimfahrt wieder gebrüllt, so laut ich nur konnte. Mein „Korbrein- undkorbraussstecker", hat nur noch seinen Kopf geschüttelt und nichts mehr gesagt.
Das alles war jedoch noch gar nichts, gegen das, was noch kommen sollte. Doch dazu später mehr.

Derweil freute ich mich, dass ich dauernd „gedutzelt" und „verhätschelt" wurde. Immer bekam ich etwas zu knabbern und da ich nicht unhöflich sein wollte, konnte ich nie „nein" sagen. Dadurch schwoll mein Format zusehends an.
Was hatte nochmal der „Weiße" gesagt? Ich würde soundsoviel wiegen? Ha! Des kannste vergess! Das war inzwischen Schnee von gestern.
Ach ja, was Schnee ist wusste ich bis zu diesem Zeitpunkt noch gar nicht.

Es gab hier viele „Zweibeinhaber", die immer kommen und gehen. Und fast jeder von denen hatte für mich irgendwelche „Leckerlis" oder wenn gar nichts anderes vorhanden war, wenigstens ein „Tätschele" auf meinen Kopf übrig.
Dafür wurden diese Leute von meinen „Verpflegern" immer freundlich begrüßt und sie halfen Ihnen mit dem Gepäck.
Außerdem wurde ihnen gezeigt, wo sie ihre „Wesen aus Blech" mit vier runden Scheiben, die sich drehen, hinstellen konnten, sofern sie welche dabei hatten und danach bekamen sie ihre Schlüssel für ihre Unterkunft.
Manche blieben ein paar Tage und einige sogar ein paar Wochen. Und bevor sie wieder gegangen sind, haben sie sich bei den „Wirtsleuten" bedankt indem sie ihnen bedrucktes Papier und ab und zu auch kleine Scheibchen aus Metall in die Hände gedrückt haben.

Dabei haben sie manchmal ein so wichtiges Gesicht gemacht, dass ich dachte: „Oje, jetzt haben sie das Haus verkauft und lassen mich alleine."

Nicht traurig sein, wir bleiben ja da.

Aber die, die da immer kamen und gingen, sind wirklich immer gegangen und die, die immer aus meiner Türe rauskommen, sind dann doch immer geblieben.

Durch die ständigen An- und Abreisen war immer etwas los und ich war eigentlich nie alleine. Und wenn doch, konnte ich ja auch zu dem „Schwarzen" mit dem roten Halsband rüber gehen. Obwohl er wahnsinnig unsympathisch ist. Ein echter Stinkstiefel Und wie der schon geht, wie eine „Diva" auf dem Laufsteg.

Dabei ist er doch gar nicht soooo schön. Nur weil er so ein glänzendes, schwarzes Fell hat und eine gertenschlanke Figur. Wahrscheinlich schmeckt es ihm nur nicht so gut wie mir, sonst hätte er doch auch so eine Wampe wie ich. Diese Tatsache brachte mir weitere Spitznamen ein.
Nämlich „Wampi", wenn ich auf dem Rücken liege und „Kugelfisch", wenn ich in der Dämmerung auf meine „Nachhausekommer" zuwanke.

Hiermit hat der Name „Wampi" seine Berechtigung erhalten.

Viele von den „Hausgästen", die immer kommen und gehen, sagen auch solche Sachen wie: „Na, der ist aber gut beieinander". Und manche reden so dummes Zeug wie z. B.: „Boah, ist der aber fett". Da frage ich mich dann schon immer, über wen zum Geier die eigentlich reden und sehe mich suchend um, wo denn hier jemand „gut beieinander" oder gar fett ist. Aber ich sehe keinen. Und mich können sie ja wohl nicht meinen, denn ich hab ja nur ein dickes Fell.

Das kommt daher, weil ich die meiste Zeit draußen an der frischen Luft bin und wenn es auf die kalte Jahreszeit zugeht, merke ich immer besonders gut, wie es dicht wird.
Ich bin jedesmal ganz begeistert von mir selber, weil mir ganz von alleine ein Pelzmantel wächst.
Etwas störend ist nur, dass mir damit ab und zu ziemlich heiß wird, wenn ich z. B. zu meiner Futterstelle in das Haus darf. Da haben es die „Zweibeinhaber" wieder besser, die können ihren „Pelz" einfach ablegen. Das wiederum kann <u>ich</u> nicht! Doch wenn es jahreszeitenbedingt wärmer wird, dann wird auch mein Fell mit der Zeit wieder dünner. Nur halt ganz langsam. Meine „Haareentferner", die immer aus meiner Türe rauskommen, jammern dann immer: „Wäh" und „Bäh" und „Igittigitt" und „Nee, is des schlimm mit diesen Haaren überall!" Am schlimmsten führt „er" sich immer auf, wenn ich nachts in meiner „Hängematte" gelegen habe.

„Hängematte" nennt er die Stoffbespannung auf einem seiner „Wesen aus Blech". Wenn er mit anderen über gerade dieses spricht, und das tut er offensichtlich gerne, dann nennt er dieses spezielle Wesen „Cabrio".
Er kann diese Stoffbespannung auch verschwinden lassen, dann sitzen meine zwei halt im Freien, bevorzugt, wenn die Sonne scheint.

Meine ganz persönliche Hängematte

Wie die Blechdinger jetzt im einzelnen heißen, ist mir persönlich total egal. Ich muss nur immer aufpassen, dass ich nicht mal von einem überrollt werde. Am liebsten setze ich mich darauf, wenn meine „Ausfahrer" gerade damit nach Hause gekommen sind, weil es dann so schön warm ist. Später, wenn es abgekühlt ist, setze ich mich eben in die „Hängematte". Wenn mir recht langweilig ist, spiele ich dann "Runterrutschen".

Das geht so: Ich sitze also da oben auf dem Stoffdach und rutsche Kopf voran über die Plastikscheibe nach unten.
Dabei fahre ich meine Krallen aus, damit es nicht so schnell vorbei geht.
Und wenn ich vorher durch ein Blumenbeet gelaufen bin, kann ich noch was schönes. Nämlich prima stempeln.
Hierbei hinterlasse ich die lustigen Abdrücke meiner Pfötchen auf dem gesamten „Wesen aus Blech".
Von vorne bis hinten! Die schönen Linien, die ich mit meinen Krallen auf der Plastikscheibe eingeritzt habe, die kann ich allerdings nur dort machen. Auf dem Blech selbst geht das nicht. Trotzdem, Nacht für Nacht ein neues Kunstwerk. Aber, wie gesagt, mein „Kräckerauffüller" ist davon anscheinend weniger begeistert. Ein richtiger Kunstbanause ist das. Sehr aufgebracht schimpft und deutet er mit dem Zeigefinger auf mich und sagt ich wäre auf einmal ein „grauer Grattler", oder ein „Blödmann" und ein „haariges Biest".
Dabei schüttelt er die ganze Zeit wieder mit dem Kopf. Wenn er sich wieder etwas beruhigt hat, holt er einen Eimer Wasser und beseitigt meine „Kunstdrucke".
Die Haare, die ich auf der Hängematte verloren habe, entfernt er mit einem Roller, an dem sie einfach kleben bleiben.

Nur meine schönen Linien auf der Plastikscheibe, die bekommt er nicht mehr weg. Ich sehe mir das ganze Spektakel lieber vom Dach des Nebengebäudes aus an, denn dort war ich in sicherer Entfernung.
Weil einmal habe ich gehört, wie er zu seiner „Mitfahrerin" gesagt hat: „Wegen diesem Hundslumpen sehen wir hinten raus bald gar nichts mehr!"

Und dabei ist er wieder so wütend geworden, dass ich mir dachte: „Oh je, oje, oje, oje, oje, nur gut, dass ich hier oben bin." Aber nach kurzer Zeit ist alles wieder in Ordnung und ich bekomme wieder die leckeren Kräcker und meine Streicheleinheiten.

Die ganze Arbeit mit den „Kunstdrucken" und so steht jetzt halt wieder an.
Jede Nacht muss ich wieder neu beginnen. Zugegeben, es macht mir ja tierischen Spaß und da ich sowieso nachtaktiv bin – kein Problem!

Außerdem bringe ich von meinen nächtlichen Streifzügen oft auch „Geschenke" mit. Doch diese Mitbringsel lösen auch nicht gerade Begeisterungsstürme aus.

Dabei macht es sogar ziemlich Mühe, diese „kleinen grauen Appetithappen auf vier Füßchen" zu besorgen.

Und überhaupt, ich muss das ja gar nicht tun. Aber ich bin ja kein „Unmensch" und wüsste nicht, wie ich mich sonst für alles bedanken könnte. Schade, dass sie das nicht so mögen. Oder können sie es nur nicht so zeigen?

Und der Morli lacht sich schief, weil die Maus jetzt doch noch lief.
Weil er noch einmal gähnen musste, das „Geschenk" ihm aus den Zähnen hupfte.

Die „Zweibeinhaber", die immer von der hohen Mauer untergucken, sind da schon etwas anders. Wenn denen ihr „schwarzer Depp" mit dem roten Halsband etwas mitbringt, dann juchzt sie immer ganz laut.
Also doch Freude? Ich weiß es einfach nicht.
Einmal hat er denen das Geschenk Nachts mitgebracht und es ihnen in ihr „Nest" gelegt, in dem die zwei schliefen.
Nur, - der „kleine, graue ", war noch gar nicht „küchenfertig" und so haben alle zusammen mitten in der Nacht „Fangen" gespielt.

Sie ist dann jedesmal, wenn der „kleine, graue" in ihre Nähe kam, vor lauter Freude abwechselnd auf ihr Nest oder einen Stuhl gehüpft und hat bei jedem Sprung wieder gejauchzt.
Dabei gab sie sich auch noch Mühe, den Anweisungen ihres „Befehlgebers" Folge zu leisten und den nächtlichen Störenfried mit Hilfe eines Netzes, das an einer langen Stange befestigt war, zu fangen.
Was ihr letzten Endes auch gelungen ist.
Aber zum Schluss landen alle unsere Gaben in einer großen schwarzen Tonne oder werden in einem Blumenbeet verbuddelt.
Ich habe bis heute nicht einmal gesehen, dass auch nur eines unserer Geschenke so gewürdigt worden wäre, wie man es als Kater einfach erwartet.

Auch mit teilen habe ich es schon versucht, indem ich also ein Stück vorgekostet habe und den Rest auf die runde Treppe gelegt habe.

In Gedanken rief ich noch: „Es ist angerichtet!"
Doch auch das hat nichts geholfen.
Mit verzogenen Gesichtern werden „Schäufele und Besen" geholt und das Angerichtete entsorgt.
Schade drum!

Im ersten Jahr, das ich erlebt habe, als die Blätter von den Bäumen nach und nach gelb wurden und zu Boden fielen, hat mein „Hausundhofmeister", der immer aus meiner Türe rauskommt, angefangen etwas zu bauen.

Er hat gemessen, gesägt, genagelt, geschnitten und geklebt. Es war aus Holz und als das untere Teil davon fertig war und im Hof auf dem Boden stand, musste ich mir das ganze natürlich aus der Nähe betrachten und bin reingegangen. Seine „Wegegefährtin" sagte zu ihm: „Sieh mal, er sitzt schon zur Probe." Ach! Ach was! Das soll für mich sein? Ne, ne, ne, da geh ich wieder. Ich suche mir meine Plätze schon selber aus und bin wieder raus gegangen.

Als das Ding fertig war, sah es fast genauso aus, wie das Haus mit der Türe, aus der die beiden immer rauskommen. Nur halt viel kleiner und schon gar nicht so hoch.
Aber – mit Dachfenster!

Der Erbauer desselben erklärt dann den Leuten, die nicht glauben können, dass ich ein „Vorderhaustürtier" bin, dass das „Hämpfelhaus" voll isoliert ist und das Dachfenster aus Thermoglas besteht.

Weil er sich so viel Mühe gegeben hat, bin ich ihm zuliebe doch reingegangen. Sie haben es neben die Haustüre, aus der sie immer rauskommen, gestellt. Da war es noch mal überdacht und vor Wind und schlechtem Wetter geschützt. Und es war wirklich kuschelig, sobald ich drin war.

Nur kurze Zeit nachdem <u>mein</u> Häuschen fertig war, sind schon die ersten weißen Flocken vom Himmel gefallen. Draußen wurde es immer kälter und das Wasser in meinem Napf ist auf einmal ganz hart geworden, so dass ich es nur noch abschlecken konnte.
Aber das war keine so gute Idee, denn schon beim Versuch blieb ich mit meiner Zunge daran hängen und ich hatte alle Mühe wieder davon loszukommen.

Hoffentlich hat mich dabei niemand gesehen, denn das muss richtig blöde ausgesehen haben.
Wie peinlich!
Meine „Ernährer" haben mir dann meinen Napf mit warmem Wasser gefüllt und vor mein Häuschen gestellt. Da musste ich mich aber trotzdem beeilen, denn mit der Zeit wurde auch das wieder kälter und härter, bis ich schließlich wieder daran hängen bleiben würde. Aber nicht mit mir! Jetzt nicht mehr. Das habe ich schon gelernt.

Wenn es ganz klirrend wurde, legten mir die beiden etwas in mein Häuschen, das ganz heiß war. Ich glaube, sie sagten „Wärmflasche" dazu.
Aber das wäre doch nun wirklich überhaupt nicht nötig gewesen. Ich hab ja schließlich einen Pelzmantel an.

Und dann habe ich auch noch eines nachts Besuch bekommen. Er sah fast so aus wie der „Schwarze" nur nicht so groß und alt und schon gar nicht mit rotem Halsband. Doch das wichtigste war, dass er bei weitem nicht so arrogant und eingebildet war, wie der „nachbarliche Stinkstiefel".
Wir haben uns sogar sehr gut verstanden und ich erklärte ihn zu meinem Freund, der mit mir sogar <u>mein</u> Häuschen teilen durfte. Wir haben uns einfach eng aneinander geschmiegt und uns so gegenseitig gewärmt.

Somit war die Wärmflasche zwar gut gemeint, aber völlig überflüssig und außerdem hätte sie uns nur den ganzen Platz weggenommen.

Es kamen herrliche Zeiten. Zusammen sind wir ganz weit weg von unserem gewohnten Platz gegangen und trieben uns fortan tagsüber auf einem Bauernhof herum, der mindestens zehn Minuten „Tatzenmarsch" entfernt war.
Da gibt es „Vierbeinhaber", also die sind sooo groß, das kann so einer wie ich gar nicht beschreiben. Die sind ganz arg träge, stehen den lieben langen Tag nur herum und kauen Gras. Die ganze Zeit. Und wenn sie damit fertig sind, dann legen sie sich hin und kauen da weiter.
Ab und zu sagt mal eine: „Muh!"

Meistens schwirren ganz viele Fliegen um sie herum und ärgern sie. Dann gibt es aber Saures!

Denn diese riesigen „Vierbeinhaber" haben einen so langen Schwanz und mit dem peitschen sie dann durch die Luft um die Fliegen zu vertreiben. Doch die, die sie nicht getroffen haben, und das sind die meisten, kommen immer wieder zurück und so geht die lustige Peitscherei weiter.

Na also, dann haben diese `Rindviecher` doch noch eine sinnvolle Tätigkeit.

Bei mir ist das ganz anders. In meine Nähe kommen gar nicht erst so viele Fliegen und wenn sich doch mal eine verflogen hat, dann wird nicht lange gefackelt und gefuchtelt, dann ist sie nämlich fällig und ich schnapp sie mir.
So ein kleines Praline´ zwischendurch ist doch auch mal ganz fein.

Auf dem Bauernhof gibt es auch kleinere Ausgaben von den riesigen „Vierbeinhabern", die ab und zu „Muh" sagen. Die stehen angebunden vor ihren Einzelboxen und dürfen sich von den kleineren Ausgaben der „Zweibeinhaber" streicheln lassen.

Aber, was das tollste ist, hier gibt es einfach die größten „kleinen, grauen Appetithappen auf vier Füßchen", in der ganzen, mir bis dahin bekannten Welt. Und so viele.
Die bieten sich regelrecht an, als Geschenk für meine „Pflegeeltern" mitzukommen. Nur wäre das ja wirklich vergebliche Liebesmühe. Ich sag nur:
„Perlen vor die Säue!".

Manchmal würde ich ja gerne auch nur mit denen spielen, aber die geben immer so schnell auf. Einige sind schon einfach umgefallen, als sie mich nur gesehen haben.
Das sind vielleicht Spielverderber! Sie liegen dann da, sehen aus wie neu aber machen einfach keinen Mucks mehr.

Und dann gibt es noch welche, die haben zwar auch große Zähne, sehen aber sonst ganz anders aus. Sie wohnen auch nicht auf oder im Boden, sondern hoch oben in den Bäumen.

Meistens stützen sie sich mit ihrem großen buschigen Schweif ab, wenn sie so in der Gegend herumstehen und knabbern an einer Nuss herum, die sie mit ihren Vorderbeinen fest halten.
Aber, wenn ich hinter einem her bin, dann klemmt es die Nuss zwischen die Kiefer und hoppelt auf allen Vieren davon. Und wie schnell die auf einem Baum sind.

Unglaublich!
Was ich auch wahnsinnig interessant finde, das ist, dass die sogar von Baum zu Baum springen können, ohne, dass sie herunterfallen.
Außer die Bäume stehen zu weit auseinander, dann könnte es schon mal passieren, dass es wieder runterkommt, ohne es zu wollen.
Nur, dass ich jemals eines fangen könnte, das glaube ich nicht.

Können diese Augen böses im Sinn haben?

Es muss aber einen geben, der das kann. Ich hab ja den „Schwarzen" mit dem roten Halsband schwer in Verdacht, weil der so hinterhältig ist.

Eines Tages lag nämlich unterhalb der hohen Mauer nur noch der Schweif von so einem „Hoppler". Und meine „Zweibeinhaberin", die immer aus meiner Türe rauskommt, dachte wohl, dass ich das angerichtet hätte. Sie deutete immer mit dem Zeigefinger auf mich, der hin und her ging und schrie mich laut an.

Also so laut müsste sie sich doch nicht bei mir bedanken, selbst wenn das Geschenk tatsächlich von mir gewesen wäre. Da tun einem ja die Ohren weh!

Na die war ja völlig aus ihrem Häuschen. Allerhand! Den „Schwarzen" mit dem roten Halsband hab ich sowieso langsam dick gehabt. Und jetzt, wo doch der „kleine Schwarze" mein bester Freund war, erst recht.

Schon wenn er über die „Brücke" herunterkam und über meinen Hof lief, hat mich das geärgert.

Einmal habe ich meinen ganzen Mut zusammengenommen und ihm eine richtige „Watschen" gegeben. Die hat aber gesessen und er hat „Bauklötze" gestaunt. Dann hat er sich umgedreht und ist weitergegangen.

Ab und zu versuche ich auch so zu gehen wie er.

„Hach", da komme ich mir aber blöde vor.

Und wenn meine „Zuschauer" das sehen, lachen sie sich immer ganz krumm und sagen dann, dass der „Catwalk" zu mir gar nicht passen würde und sie meinen „Hämpfelgang", (also die Hinterbeine quasi nach hinten wegschmeißen), viel netter fänden.

Von mir aus. Ist doch mir egal, wie ich vorwärts komme. Der „kleine Schwarze" geht anscheinend „normal", denn da hat noch niemand etwas gesagt.

Es dauerte auch gar nicht mehr lange, da wurde er von seinen „Besitzern" abgeholt. Er hatte sich wohl verlaufen und nicht mehr nach Hause gefunden.
Seine „Abholer" erzählten von „Entführung", „Verwirrtheit wegen Narkose", „unglaublicher Dreistigkeit" und von „Katzenaktivisten" und so´n Zeugs.
Auf jeden Fall haben sie sich gefreut, ihn wieder zuhaben, während ich ganz traurig wurde.

Alleine hatte ich jetzt auch keine Lust mehr in mein Häuschen zu gehen und habe mich mal hier und mal da niedergelassen.

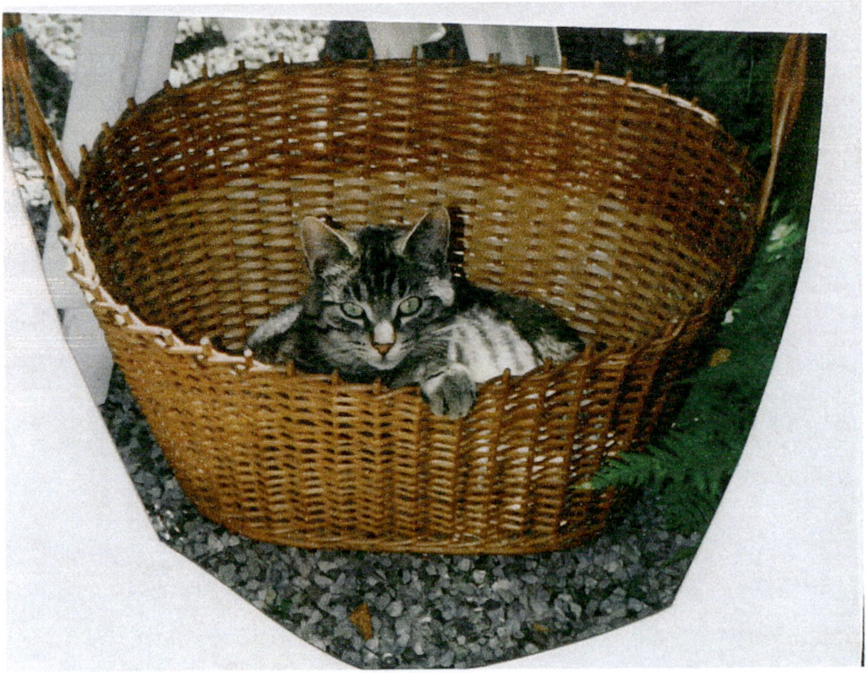

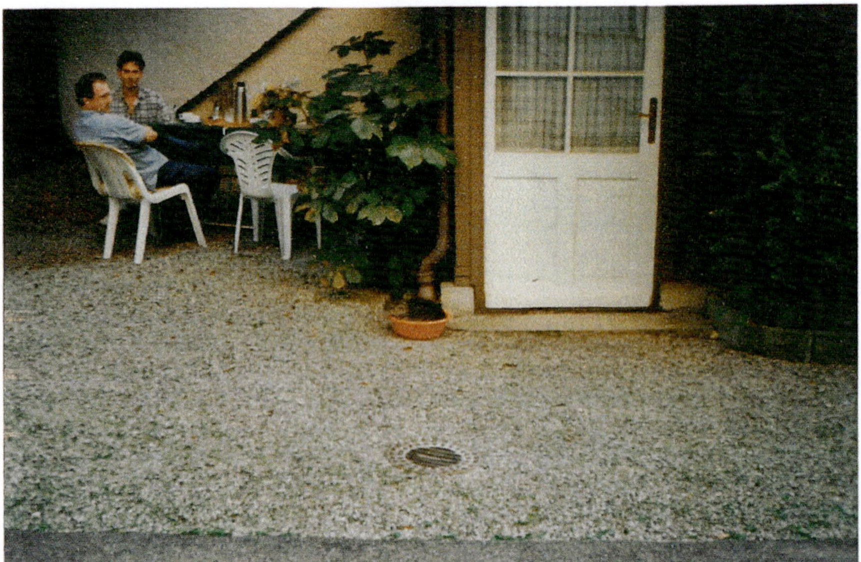

Wenn meine „Zweibeinhaber" herumgekramt haben und etwas neues hinstellten, wurde es von mir sofort inspiziert und „probegesessen". Einmal war es ein Geschenkekorb, ein andermal eine Pappschachtel.

Und im Sommer habe ich eine orangenfarbene Plastikschüssel „besetzt", die meine „Unkrautzupferin" zum Sammeln von Grünzeug benutzt hat, das immer zwischen den kleinen Steinchen wächst, die überall herumliegen.
Als sie eine Pause machte, ließ sie es auf dem Boden stehen.
Ich bin zuerst mit den Vorderbeinen, dann mit den Hinterbeinen rein, schließlich habe ich mich einmal um mich selbst gedreht und niedergelassen.
Hat genau gepasst. Wie angegossen.

Meine „Dabeiseier" haben wieder ganz laut gelacht und mich beschlich allmählich das Gefühl, dass die einfach leicht zu belustigen waren. Aber mir war es recht.
Schließlich musste ich nie hungern und ich konnte schlafen, so lange ich wollte.

Hatte ich Lust, mich kraulen zu lassen, setzte ich mich auf den schönen, weichen Polsterstuhl und habe gewartet, bis einer vorbei kam.

Manche von den „Hausgästen", die da immer kommen und gehen, nahmen mich auf ihren Schoß oder setzten sich zu mir, so dass ich gerade noch Platz hatte und nicht herunterfiel.

Da musste ich mich aber schon ganz schön dünn machen. Wenn ich meine Ruhe haben wollte, habe ich mich zurückgezogen und in eine Rinne gelegt, die ich über die „Brücke" erreichen konnte. Von unten kann man mich da nicht sehen und so war ich ungestört. Nur regnen darf es halt nicht, denn sonst würde ich ganz schön nass werden, da ja hier das ganze Regenwasser vom Dach des Nebengebäudes zusammenläuft.

Der „Schwarze" mit dem roten Halsband kam hier zwar schon öfter mal vorbei, wenn er durch die „Klappe" wollte, aber er hat mich nur selten entdeckt. Und wenn, dann war es ihm auch egal. Das mit der Klappe war ja auch so´n Ding. Es war eine „Schwingklappe", die in beide Richtungen aufging und so war es also möglich, dass wir sowohl rein, als auch raus konnten, wann immer wir wollten.

Und weil mich der „Schwarze" mit dem roten Halsband wieder einmal genervt hatte, ging ich an diesem Tag als erster durch und setzte mich dann direkt davor, so dass der „Schwarze" nicht reinkommen konnte.

Ständig stieß er mit dem Kopf dagegen, aber ich, mit meinem dicken Hintern, habe ihn gestoppt.

Durch das stete „Klock", „Klock", sind die beiden „Mauergucker", auf uns aufmerksam geworden.
Sie wollten wohl nachsehen, was wir da so veranstalten und nachdem sie es begriffen hatten, weshalb ich bei jedem „Klock" so einen kleinen Ruck gemacht habe, fingen sie so zu lachen an, dass ihm vor Freude Tränen in den Augen standen und ihr der große Vorbau nur so wackelte.

Nach einer Weile haben sie mich dann weggehoben und ihren „schwarzen Deppen" mit dem roten Halsband wieder hereingelassen. Ich habe lieber die Kurve gekratzt und abgewartet, bis sich der „Schwarze" wieder beruhigt hat.

Kurz darauf war es vorbei mit dem schönen Leben.
Ich hatte gerade so herrlich geträumt von kleinen, grauen „Appetithappen" auf vier Füßchen und von meinem Freund, dem „kleinen Schwarzen", wie wir über blumige Wiesen gesprungen sind und uns von den warmen Sonnenstrahlen kitzeln ließen.
 Aber gekitzelt hatte mich etwas anderes.

Sofort, als ich aufgewacht bin, wollte ich von meinem Polsterstuhl herunterspringen und weglaufen. Doch es war zu spät. Fremde „Zweibeinhaber", die ich noch nie zuvor gesehen habe, steckten mich in einen Käfig und nahmen mich einfach mit.

Ich weiß noch, dass ich ganz laut geschrien habe, als sie mich wegbrachten, aber niemand kam mir zu Hilfe.

Nach einer ruckeligen und mir endlos vorkommenden Fahrt ins Irgendwo, wurde ich unsanft aus dem Käfig genommen. Ich hatte keine Ahnung, wo ich da gelandet bin und mir war schon ganz schlecht vor Unbehagen, da spürte ich einen „Piks" und - schlief ein....

Erst an die Zeit, nachdem ich wieder aufgewacht war, kann ich mich erinnern. Um mich herum waren lauter Käfige mit Gitterstäben und darin ganz viele Kollegen von mir in allen möglichen Farben. Manche waren noch ganz benommen, so wie ich und andere miauten und schrien und liefen in ihren Käfigen hin und her.

Als mein Blick wieder einigermaßen klar wurde, versuchte ich aufzustehen, was mir jedoch nur schwerlich gelang. Ich torkelte eine ganze Weile herum, wie wenn ich auf Watte laufen würde.

Aber dann stand ich da wie eine „1" und brüllte mit den anderen um die Wette.
Ich wollte hier sofort raus und wieder nach Hause.
Dass es anfing zwischen meinen Beinen zu ziehen und zu zwicken, habe ich erst mit der Zeit gemerkt. Was hatte das jetzt wieder zu bedeuten? Und wo zum Geier war ich hier nur? Fragen über Fragen.

Meine Artgenossen raunten mir zu, dass ich mich jetzt nicht mehr vermehren könne und ich eigentlich noch zu jung „dazu" gewesen wäre, was zur Folge hätte, dass mein Kopf jetzt so klein bliebe wie er ist, aber mein Körper schon noch weiter wachsen würde. Du liebe Güte! Was für eine Vorstellung! Das ist ja alles ganz fürchterlich.
Das müssen die „Katzenaktivisten" gewesen sein, von denen die „Abholzweibeinhaber" sprachen, als sie den „kleinen Schwarzen" mit heim genommen hatten. Diese Aktivisten sollte man mal einsperren und so behandeln. Was für eine unglaubliche, bodenlose Frechheit. Als ´die´ mich wieder zurück brachten, war es wieder stockfinstere Nacht. Meine „Zweibeinhaber", die sonst immer auf mich aufpassen, schliefen wohl und so konnten sie auch nicht sehen, wie mich meine Entführer wieder auf meinen gepolsterten Stuhl setzten und sich heimlich davonschlichen.

Seit diesem schrecklichen Erlebnis wache ich bei jedem noch so kleinen Geräusch auf und zucke zusammen.
Und wenn irgendein jemand auch nur ein bisschen hektisch agiert, suche ich sofort das Weite.
Meine „zwei von der Futterstelle" sagen, dass ich seit meiner Entführung einen „Dachschaden" hätte und man dürfe nur sehr vorsichtig auf mich zukommen, da ich mich sonst erschrecken würde.

Pass nur schön auf mich auf!

Ja, das ist doch wohl klar. Oder? So ein Erlebnis prägt einen schließlich für sein ganzes Leben! Ich bin ja bloß froh, dass ich so ein behütetes Zuhause habe und alle so gut auf mich aufpassen.

Nur immer sind meine beiden „Schutzengel" ja auch nicht da. Und dann? Was ist mit den bellenden Monstern, die einfach durch das große Tor kommen und mir ans Leder wollen?

Jedesmal trifft mich fast der Schlag, wenn mich einer davon aus meinem Früh-, Mittags- oder Nachmittagsschläfchen reißt.

Aber auf der Flucht vor diesen „Biestern", wende ich dann einfach meinen „Zaubertrick" an. Und der geht so:

Wenn ich auf dem Boden sitze und mich zum Sprung bereit mache, sehe ich aus wie ein kleines haariges Knäuel, aber beim darauffolgenden Sprung mache ich mich plötzlich sooo lang. Also das sind bestimmt dreimeterfufzig, oder so.

Auf der Flucht

Da kommt mir keiner so schnell nach. Gut, gell?
Ja, haha..., das sieht man mir gar nicht an, dass ich so agil sein kann, nicht wahr?

Aber es stimmt schon. Am liebsten liege ich irgendwo herum, träume vor mich hin und lasse mich höchstens durch meinen unstillbaren Appetit davon abhalten.

Ein sehr schöner Platz, der mir ganz gut gefällt, vor allem in der Zeit, wenn es draußen kalt und nass ist, ist der Stuhl mit den Rollen dran, der in dem Raum steht, wo auch meine Näpfe zu finden sind.

Auf dem darf ich nur sitzen, wenn sonst keiner da ist. Sonst wurde mir ein stoffbezogener Hocker, der vor einem Gerippe steht, das ganz warm abstrahlt, zur Verfügung gestellt.

Und wenn es draußen besonders knackig kalt ist, dann stellt er zusätzlich ein Gerät auf den Boden, das aussieht, wie die Sonne, nur halt viel kleiner, aber auch warm macht. Es dreht sich immer hin und her – und hin und her...

Mmmh!
Schön warm!

Da sitze ich dann gerne auch mal direkt davor und nehme ein „Sonnenbad". Aach, tut das gut.

Meine „Einheizer" scherzen dann immer mit mir und sagen ich solle aufpassen, dass ich mir keinen Sonnenbrand hole. Ha, ha!

Sobald die beiden das Zimmer verlassen haben und die „Sonne" dann sowieso nie „an" ist, springe ich sofort auf den „Chefsessel" mit den Rollen dran. So schnell kann gar niemand gucken, wie ich da oben sitze.

Apropos gucken. Im Falle, dass ich doch schon mal ausgeschlafen haben sollte, was höchst selten vorkommt, oder ich höre etwas, geht es eine „Etage" höher auf den Tisch mit lauter Papieren, Stiften und Geräten, die ab und zu klingeln oder rattern. Und von da aus schaue ich dann durch die große Scheibe nach draußen und sehe, was da los ist. Oft erkenne ich schon am Geräusch, dass meine „Ausfahrer" wieder nach Hause kommen. Denn eines ihrer „Wesen aus Blech", macht ein unverwechselbares, nagelndes Geräusch. Ich habe hier in der Umgebung noch nichts gehört, das so klingt und ich bräuchte dann eigentlich auch gar nicht nachzusehen, ob er es ist. Ich weiß es einfach. Mein „Namensausteiler", der ja allem und jedem einen Namen gibt, nennt diesen fahrbaren Untersatz der Einfachheit halber „Nagler".

Kommt dann einer von den beiden zur Türe herein und erwischt mich dabei, dass ich mit meinem dicken Hintern auf dem Tisch sitze, dann schimpfen sie mich gleich wieder. Was mir einfällt, ich hätte da nichts zu suchen, ich soll fei ja zusehen, dass ich da herunterkomme und so weiter und so fort.
Mich lässt das kalt. Ich weiß ja, dass sie mir nichts böses antun. Ich tue ihnen ja auch nichts.
(Aber nur, weil sie größer sind als ich.)
Doch schimpfen, ja das können sie und das machen sie auch oft. Vor allem mit mir. Wenn die Zimmertüre von dem Raum, in dem sie die meiste Zeit sind, auch nur einen Spalt offen ist, dann kann ich mich rausschleichen, obwohl sie nach innen aufgeht!

Kuckuck!
Ich bin's
nur!

Jaaaha, das hatte ich ganz schnell gelernt. Zuerst mit der einen Pfote etwas zwischendrein, „pratzeln", dann die Türe zurückziehen und schwupps, schon bin ich im Treppenhaus.

Natürlich mache ich die Türe nicht wieder zu, (das könnte ich ja auch gar nicht), und da wird schon wieder geschimpft: „Türe zu! Hier wird's kalt!" Sie lehnen sie dann wieder an und wenn ich wieder rein will, (was unmittelbar danach der Fall ist), geht das ganze für mich noch einfacher. Zunächst stelle ich mich auf die Hinterbeine und stemme mich mit meinem ganzen Gewicht gegen die Türe. Schon geht sie auf.
Manchmal habe ich so viel Schwung, dass die Türe mit einem lauten Knall gegen die Tischkante kracht.
Spätestens dann wissen wenigstens alle Anwesenden, dass ich wieder da bin.
Noch schöner ist es, wenn ich mit meinen „Türöffnern" gemeinsam reinkommen kann. Ich setze mich einfach nur davor und warte, bis sie aufgemacht wird. Nach dem Motto: Wann immer es geht, möglichst keine körpereigenen Kräfte verschwenden.

Witzig finde ich aber, wenn „er" mir die Türe aufmacht, dann singt er: „Ta taaah!" Wie wenn ich einen großen Auftritt hätte.

Natürlich bin ich der erste, der drin ist und dabei bleibe ich mit Vorliebe in der Mitte des Weges und damit zwangsläufig zwischen den Füßen meiner „Begleiter". Die ärgern sich darüber immer so und ich grin´s mir eins. Nur ein bißchen muss ich schon aufpassen, damit mir keiner auf den Schwanz tritt. Denn das wäre nicht so gut.

Mein erster Weg geht selbstverständlich scharf links zum Futternapf, der muss erst einmal aufgefüllt werden, aber nur bis ungefähr zur Hälfte, weil ich sonst erstens, alles auf einmal verschlingen würde und mir dann wieder ganz übel wäre. Und zweitens, weil ich so viele Kräcker daneben schmeißen würde.
So gesehen, sind die kleineren Portionen doch viel besser, obwohl, wenn es nach mir gehen würde, könnte die Schale gar nicht voll genug sein.

Das beste ist aber meine tägliche „Bürstenmassage". Die gefällt mir immer besser. Meine „Masseure" haben eine Bürste mit ganz weichen Borsten und das interessante daran ist, die hat das gleiche Muster und die gleichen Farben, wie mein Fell.

Die anderen „Zweibeinhaber", also die, die immer von der hohen Mauer runtergucken und sie so einen großen Vorbau hat, haben zwar auch eine, aber die hat so harte Borsten, die tun ja schon fast weh! Die haben das bei mir nur ein mal versucht, da bin ich aber gleich ab durch die Mitte.

Auch eine herrliche Kuranwendung: Die Bürstenmassage

Doch die Behandlung mit der weichen Bürste, ja die lasse ich mir gerne gefallen. Das ist die reinste Wohltat.
Da lege ich mich sogar auf den Rücken, strecke alle Viere von mir und lasse mir die Wampe bürsteln.
Und das will was heißen. „Sie" sagt dann immer:
„He Wampi, so liegt doch kein normaler Mensch da!"
Aber ich bin doch gar kein Mensch, und schon gar kein normaler.

Eigentlich wollte ich ja erzählen, dass die beiden so oft mit mir schimpfen. Was wohl auch daran liegt, dass ich einfach wahnsinnig neugierig bin und alles, was ich noch nicht kenne, wird von mir erst einmal begutachtet und „unverbindlich probegesessen".
Und so werden auch die zufällig offen stehenden Zimmer samt Einrichtung von mir in „Augenschein" genommen und genauestens inspiziert.
Selbst, wenn ich die vielen Stufen hochlaufen muss, meine Neugierde und der Reiz des Verbotenen sind einfach stärker.
Und umsonst bin ich da noch nie rauf, denn dass eine Türe offen steht, spüre ich ganz deutlich mit meiner bestens funktionierenden Stupsnase.

Die für mich wichtigsten Stellen in den Zimmern, sind zweifelsfrei die „Nester", in denen die „Zweibeinhaber", die immer kommen und gehen, die Nächte verbringen.

Aber auch die Sofas sind für mich gerade weich genug und werden ebenfalls von mir „besetzt".
Geschimpft bekomme ich sowieso immer von den beiden, egal, ob sie mich direkt dabei, also „in flagranti" erwischen, oder auch später, obwohl sie mich nicht dabei gesehen haben.
An irgend etwas können sie es anscheinend erkennen, dass ich hier gewesen bin.
Auf jeden Fall gibt es immer ein großes „Trara".
Ich hätte da oben gar nix zu suchen und schon gleich überhaupt nicht in den Zimmern und erst recht nicht auf den Betten.
Und die ganze Arbeit, die sie jetzt wieder hätten wird natürlich auch jedesmal erwähnt.
Eine Aufregung ist das immer. Enorm!

Mir ist das jedoch „schnuppe", denn ich verzieh mich einfach, bis die mit ihrer „Arbeit" wieder fertig sind.
Sobald sich jedoch eine Gelegenheit dazu ergibt die Zimmer zu besuchen, mache ich es garantiert wieder.
So bin ich halt einmal.

In dem großen Raum, in dem die „Hausgäste", ihr Frühstück bekommen haben, hat sich eigentlich immer jemand aufgehalten. Meistens haben sie sich unterhalten und ab und zu sahen sie in einen schwarzen Kasten, in dem sich die Bilder bewegten und noch dazu Töne rauskamen. Ich habe mich dann oft in die Mitte des Raumes gesetzt und einfach mitgeguckt.

Eines morgens kam meine „Frühstücksbereiterin", herein, sah sich suchend, mit den Blicken auf dem Boden gerichtet um und fragte die einzige, anwesende Dame, die es sich gerade schmecken ließ: „Haben Sie den Herrn Hämpfel gesehen?" Und die gefragte antwortete: „Nein, außer mir war heute morgen noch niemand hier."

Jetzt dachte die gute Frau doch glatt, der „Herr Hämpfel",
also ich, wäre einer von denen, die da immer kommen und
gehen. Wie komisch.
Meine „Hämpfelsucherin" mußte auch lachen und nachdem
sie erklärt hatte, wer der „Herr Hämpfel" wirklich ist,
lachten sie beide. Die „Frühstückerin" meinte zwar, dass sie
den Herrn Hämpfel trotzdem nicht gesehen hätte, aber
nachdem sie mich zusammen gesucht und unter der Eckbank
gefunden hatten, erkannte sie mich wieder.
Ich war ja schließlich der, den sie letzte Nacht noch auf
dem Polsterstuhl gekrault hatte, als sie vom Tanzabend
nach Hause kam.
Da ich ja wusste, dass nun auch ich Frühstück bekommen
würde, verließ ich mein Versteck nur allzu bereitwillig und
ging natürlich sehr gerne mit zu meinem Speiseraum.

Es ist aber schon vorgekommen, dass ich aus einem
Versteck nicht mehr herausgekommen bin, weil mich einer
eingesperrt hat.
Nicht, dass er oder sie das mit Absicht getan hätte.
Nein, nein. Ich habe mich nur so leise vorbeigeschlichen,
dass es keiner gemerkt hat.
Und so kam es, dass ich eine meiner schlimmsten Nächte
im Nebengebäude meiner „Herbergseltern" verbringen
musste. Das war nämlich so:

Es war zu der Zeit, in der mein Fell schon besonders dick war, weil es bereits über längere Zeit sehr kalt gewesen ist. Ab und zu fielen auch weiße Flocken vom Himmel und verwandelten die ganze Umgebung in eine weiße Glitzerwelt. Wenn die Sonne schien, musste ich sogar die Augen zusammenkneifen, weil es so grell war.

An diesem Tag hatten meine „Wohnungsvermieter" Besuch von ganz vielen Freunden, mit ihren Nachkommen im Zwergenformat. Diese liefen immer ganz doll umher, spielten „Fangen" und kreischten in den höchsten Tönen, dass mir die „Lauschlappen" grad so pfiffen.
Ja, ich weiß. Im Prinzip war es an jenem Tag eine total „hämpfelunfreundliche" Situation.
Aber wenn ich doch so neugierig bin....

Also, meine „Gastgeberin", die immer aus meiner Türe rauskommt, ging mit einer der „Zwergenmamis" in das Nebengebäude und ich bin, damit mir auch ja nichts entging, gleich hinterher.

Die beiden unterhielten sich ziemlich lautstark und ich verkrümelte mich gleich in eine Ecke.
Und so hatte keiner gemerkt, dass ich hier drinnen war.

Und nachdem die zwei das Nebengebäude mit einem sperrigen Möbelstück wieder verlassen hatten, freute ich mich diebisch, dass mich keiner entdeckt hatte.

Doch leider kam auch keiner mehr, der mich herauslassen konnte. In diesem großen Trubel, der an diesem Tag herrschte, hat mich offensichtlich keiner vermisst!
Ich hatte zwar noch viele Stimmen gehört und oft auch das Brummen von „Wesen aus Blech", wenn einer wegfuhr oder wiederkam, aber nach mir hat keiner gesucht.

Draußen wurde es allmählich dunkler und nur das Licht über dem Eingang zum großen Haus schien ganz vage zu mir herein.
Je dunkler es wurde, desto stiller kam es mir vor und nach einiger Zeit war das einzige, das ich noch zu Ohren bekam, das Knurren meines Magens.

Schlafen konnte ich nicht so richtig, weil ich so unruhig war, doch ich muss wohl endlich etwas eingenickert sein, als mich laute Schüsse wieder weckten.
Mitten in der finsteren Nacht krachte und zischte es draußen wie verrückt.

Natürlich hatte ich sofort eine Panikattacke und sprang wie wild umher. Ich wollte unbedingt raus, aber das ging ja nicht. Ich hüpfte auf eine Erhöhung, von wo aus ich durch die gläsernen Wände, vor denen so ein löchriger weißer Stoff gespannt war, nach draußen sehen konnte.
Der dunkle Nachthimmel wurde mit jedem Knall in allen möglichen Farben beleuchtet.......und verschwand.......

es leuchtete, - - - -und verschwand.

Wenn ich nicht vor Angst fast gestorben wäre, würde ich fast sagen: „Es war wunderschön!"
Aber so war ich eben völlig außer mir.

Ich hab laut geschrien und bin hin und hergelaufen, aber weder ein „Zwei-", noch ein „Vierbeinhaber" hat sich für mich interessiert.
Zu meinem Entsetzen drang nun auch noch ein brenzliger Geruch durch die Ritzen zu mir herein, das auch nicht gerade eine entspannende Wirkung auf mich hatte und da habe ich noch lauter geschrien.
Aber es war umsonst. Niemand hörte mich.
Ich musste weiter ausharren.
Erst nach einer schier endlosen Zeit ließ das Krachen und Zischen etwas nach und als wieder Ruhe eingekehrt und der brenzlige Geruch verflogen war, zog ich mich in das hinterletzte Eck zurück und versuchte, mich in den Schlaf zu weinen.
Nur jedesmal, wenn ich kurz davor war einzuschlafen, gab es doch wieder einen Knall und ich war wieder hellwach.
So musste ich mir die ganze Nacht um die Ohren schlagen und ich ärgerte mich maßlos über mich selber, dass ich mich hier hereingeschlichen hatte.

Endlich wurde es wieder hell und ich versuchte sofort die Aufmerksamkeit von irgend jemanden auf mich zu lenken. Ich sprang wieder auf die Erhöhung und sah durch die gläsernen Scheiben.

Aber durch diesen dämlichen, löchrigen, weißen Stoff konnte ich nicht viel erkennen, weil es außen ja auch alles weiß war. Und so habe ich mit meinen Krallen daran gezogen und gezupft, bis er mitsamt der dünnen Stange, an der er hing, herunterfiel.
So, nun konnte ich wenigstens sehen, was in der „Freiheit" so los war.

—Gar nichts—

Weit und breit nix und niemand.
Mir wurde ganz übel, (wahrscheinlich vor Hunger), und ich musste jetzt auch ganz dringend mal. Ich dachte mir:
„Wenn jetzt nicht bald einer kommt und mich herauslässt, dann passiert aber was!"
Man muss nur mal drohen, denn endlich, nach mindestens gaaanz langer Zeit, wenn nicht noch länger, rührte sich etwas und ein paar von den „Besucherzweibeinhabern", kamen aus <u>meiner</u> Türe heraus. Ich saß ganz erwartungsvoll da und freute mich schon, dass ich doch bald wieder in Freiheit sein würde. Doch wieder schenkte mir keiner von denen Beachtung. Warum auch? Die waren alle so sehr mit sich selbst und ihren Nachkommen beschäftigt und außerdem kannten sie mich doch gar nicht. Weshalb sollte mir da dann einer zu Hilfe kommen? Ich war völlig verzweifelt.
Die „Fremdlinge" verschwanden wieder aus meinem Blickfeld und nahmen auch alle ihre „Zwergerl" mit.
Jetzt war es wieder ruhig.
Zu ruhig für meinen Geschmack.

Ich überlegte gerade, was wohl aus mir werden würde, wenn ich hier nie wieder rauskäme, als ich durch meine tränengetrübten Augen „sie" erkannte.

Da kam "sie", meine heiß und innigst geliebte, mich aus höchster Not errettende "Zweibeinhaberin" aus <u>meiner</u> Türe heraus und sah sich suchend um.
Innerlich rief ich: "Hallo!
Schau doch mal hierher!"
Und endlich, endlich sah sie in meine Richtung.
Aber was macht sie jetzt? Was tut sie da nur? Sie dreht sich wieder um und geht ins Haus zurück.
Das gibt es doch gar nicht. Sie <u>muss</u> mich doch gesehen haben.
Es ist doch zum Auf- und Davonlaufen, wenn ich nur könnte.

Oh, diese hundsmiserablige "Verräterin". Ich dachte mir nur noch: "Nun ist es aus. Nie wieder komme ich hier raus. Ich werde hier vergammeln und keinen interessiert es. Vergessen, verraten und verlassen. Das war's.
Auf Wiedersehen du schöne Welt." Ich gab auf.....

Doch da, was war das? Ein neuer Hoffnungsschimmer? Ein Geräusch an der Tür. Ein Schatten. Uiuiuih.
Es war meine allerliebste, allerbeste, allernetteste "Erretterin".

Sie hatte nur den Schlüssel geholt. Sofort saß ich an der Schwelle und als die Türe auch nur einen Spalt aufging, war ich schon draußen an der frischen, klaren Luft mit ihren unendlich weiten Räumen. Wie ein Pfeil schoss ich davon. Ich sah nicht mehr in die eine, noch in die andere Richtung. Ich war jetzt einfach weg.

Aber natürlich nicht für lange. Denn ein alter Bekannter meldete sich unbarmherzig und in sehr aufdringlicher Weise.

- Der Hunger! -

Doch ich muss ehrlicher Weise zugeben, auch das Heimweh nach meiner vertrauten Umgebung und meinen beiden „Gönnern", die es doch immer gut mit mir meinten, veranlassten mich dazu, schnell wieder nach Hause zu laufen. Nur um das Nebengebäude machte ich einige Zeit einen großen Bogen.

So langsam aber sicher kannte ich mich dann schon aus, wie alles funktioniert. Ich begriff, dass meine „Aufpasser" nie lange fort blieben, auch wenn sie mit einem ihrer „Wesen aus Blech" wegfuhren.

Oder auch die Eigenheiten mancher Hausgäste, die da immer kommen und gehen. Viele waren inzwischen auch schon mehrfach hier und die meisten davon freuten sich dann auch, wenn sie mich wiedergesehen haben. Ich nicht unbedingt.
O ja, - gut. Schon auch. –
Aber nur, wenn sie zu der "netten Sorte" gehörten.

Schlimm waren nämlich die , die einen „Vierbeinhaber" mitgebracht haben, die immer bellen und mich womöglich jagen wollten, wenn man sie frei herumlaufen ließ. Da musste ich ganz schön „auf der Hut" sein und in Deckung gehen.
Wenn so einer daherkam, bin ich blitzschnell die Brücke hoch gerannt, um mich in Sicherheit zu bringen.

Aber einmal habe ich mir auf der Flucht meinen Kopf so dermaßen angehauen, dass mein „Fahrer", der immer mit mir zu dem „Weißkittel" fährt, mich wieder zu dem Selbigen bringen musste.

Der hat mich gleich wieder gepikst und irgend eine Paste auf meinen Kopf geschmiert.
Was kann ich dagegen tun? Nix und wieder Nix!

Auf jeden Fall kamen mit der Zeit immer weniger „Zweibeinhaber", die einen „Vierbeinhaber" mitbrachten.
Und in der jüngsten Zeit waren nur noch solche da, die mir sowieso nie etwas getan hätten. Wie z. B. Ronja.
Ich glaube „er" wollte das einfach nicht mehr in seinem Haus haben, weil es fast nur Ärger und Verdruß mit denen gab.

Hier geht's mir gut. Hier kann ich sein!

Zu meiner körperlichen Ertüchtigung spielen meine „Fitnesstrainer" mit mir Fussball.
Anfangs, als ich noch ganz frisch war, probierten wir es mit Kastanien, die hüpften gar nicht mal schlecht.

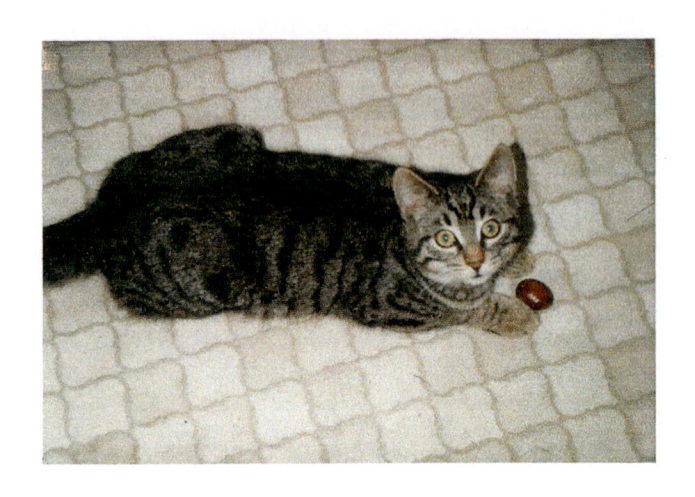

Da waren wir noch beide frisch. Also die Kastanie <u>und</u> ich!

Aber später, als sie trocken und schrumpelig wurden, (also die Kastanien), war es vorbei mit der „Sprungkraft" und ich bekam einen roten Gummiball mitgebracht.
Inzwischen sind es drei, die frei herum hüpfen und ein vierter, der an einer Schnur hängt.
Manchmal verschwindet der eine oder andere, oder auch alle im Unbekannten, aber früher oder später tauchen sie alle wieder auf.
Meine „Gummiballsucherin" findet sie meistens, wenn sie mit ihrem „Radaugerät", das sie Staubsauger nennt, die Böden bearbeitet.

Vor diesem Gerät habe ich schon mein ganzes Leben lang Angst. Wenn ich dieses Ding auch nur sehe, sträuben sich mir die Nackenhaare. (Das sind nicht gerade wenige).
Und wenn es erst mal Radau macht, dann ist es ganz aus.
Dann muss ich einfach raus!!!!

Aber lieber zurück zum Gummiballspiel. Das ist richtig lustig. Einer von den beiden schubst mir den Ball zu und ich schubse ihn ganz locker aus dem Tatzengelenk zurück.
Das geht dann immer so hin und her, bis auch der letzte Ball schließlich unter dem Kasten verschwindet. - Oder hinter einem Eimer, einem Schuh, oder einem Korb oder irgend etwas, was halt so da rumsteht.
Wenn alle losen Bälle weg sind, spielen wir mit dem an der Schnur weiter.
Nur dann ist es mehr Kopfball. Hierbei lässt mein „Trainer" den Ball an der Schnur immer hoch und runter saußen und ich versuche ihn mit dem Kopf zu treffen.
Da fällt mir ein, ich sollte vielleicht in Zukunft auf einen Schutzhelm bestehen, denn das Spiel ist gar nicht mal so ohne.

Oft basteln wir uns auch aus dem kleinen Teppich, der da herumliegt ein „Mauseloch", in dem wir einen von den Bällen versenken und ich spiele dann „such's Mäuschen" und sehe zu, dass ich ihn wieder herausbekomme.

Wenn ich gut gelaunt bin, buddle ich wie wild unter dem Teppich herum. Meistens verschwinde ich dann selbst auch

ein ganzes Stück in dem „Tunnel" und man sieht nur noch einen Teil von meinem voluminösen Hintern. Juhu, was für eine Gaudi. Das sieht dann ganz schön ulkig aus, wenn ich da

so herumstöbere und ich verausgabe mich bei diesen Spielen immer völlig.

Ich weiß dann immer gar nicht, welches Gefühl hinterher stärker ist, der Hunger oder die Müdigkeit?

Für gewöhnlich wird mir die Entscheidung hierfür abgenommen, indem ich zur Belohnung eine kleine Schale Milch bekomme. Das ist aber so wenig, dass ich kurz nach dem Verzehr dieser, schon nicht mehr weiß, dass ich bereits eine hatte. Das nennt man dann wohl „Vergesslichkeit".

Weil ich eben immer so bedröppelt dreingeschaut habe, als wollte ich sagen: „Und was ist heute mit der Milch?" lassen jetzt meine „Milchmänner" die ausgeschlürfte Schale so lange am Boden stehen, bis Feierabend ist.

So kann ich jetzt wenigstens immer erkennen, ob ich an diesem Tag meine Milchration schon hatte oder nicht und brauche mich nicht jeden Tag aufs neue zu blamieren.
Ich gucke zwar dann immer noch, als ob ich nicht bis 2 zählen könnte, (was ja auch stimmt), aber das muss ja keiner wissen.
Wenn ich nicht sowieso anwesend bin, kann ich es auch riechen, wenn meine „Milchzeit" gekommen ist, weil es seltsamerweise dann immer im ganzen Haus nach Kaffee duftet. Und egal, wo ich gerade bin, sobald sich der Kaffeeduft verbreitet und um die Häuser wabert, stehe ich auf der Matte.

Dann brauche ich mich nur noch auf meine Hinterbeine zu stellen und einmal ganz lang zu machen, schon kommt sie an, meine „fliegende Untertasse".

Ja, ja die
Milch
macht's.

Mein manchmal auch „Milchschaumzubereiter", der sie dann immer zu meiner Kräckerschale und dem Wassernapf hinstellt, gibt dabei jedesmal ganz komische Laute von sich. Es ist so eine Art Singsang. Er macht immer: „Uiuiuiuiuiuiuiuiuih".

Was soll das nur? Ist das überhaupt er oder macht das die flache Schale? Ich weiß es bis heute nicht. Und es ist ja auch nicht wichtig. Die Hauptsache ist doch, dass es mir schmeckt und das tut es ausgezeichnet.

Nur einmal hatte ich große Probleme mit dem Schlucken. Eine ganze Weile bereitete es mir große Schwierigkeiten überhaupt etwas zu mir zu nehmen.

Meine Lieblingsspeise die „Kräcker natur", ließen sich von mir bestenfalls noch lutschen und selbst das Schlucken von Wasser fühlte sich an, als würden Schottersteine meine Kehle hinabrinnen.

Obwohl es doch noch Sommer war, traf mich diese Qual praktisch über Nacht. Meine „Pflegekräfte" sahen natürlich sofort, dass mit mir etwas nicht stimmte und dachten zunächst, ich hätte nur wiedermal eine „böse Maus" gehabt.

Aber dem war ja nicht so und nach ein paar Tagen „Nulldiät" meinerseits, traten auf deren Stirn echte Sorgenfalten auf. Das Ende vom Lied war, dass ich wieder bei dem „Weißkittel" gelandet bin. Der sah mich wie immer ganz genau an und ging schon mal obligatorisch mit seinem spitzen Gerät auf mich los. Also der muss doch krank sein. Im Kopf meine ich. Das ist doch schon ein richtiger Zwang, der sich da bei dem „Weißen" entwickelt hat. Vielleicht sollte er mal zu einem Arzt gehen? Aber mich fragt ja doch keiner.

Statt dessen hören alle zu, was <u>der</u> zu sagen hat. Er plapperte irgend etwas von „Bronchitis" und dass ich im Moment nicht schlucken könne, weil ich sonst denken würde, dass ich keine Luft bekäme, aber mit der Spritze müsste es sich bessern und wenn nicht, sollten wir halt wieder zu ihm kommen.

Das war mein Stichwort, denn alleine diese Vorstellung, bald schon wieder zu diesem notorischen „Spritzengeber" zu müssen, veranlasste mich ganz schnell gesund zu werden.
Man könnte auch sagen, dass durch diese Drohung meine Selbstheilungskräfte frei gesetzt wurden und ihre Wirkung taten.

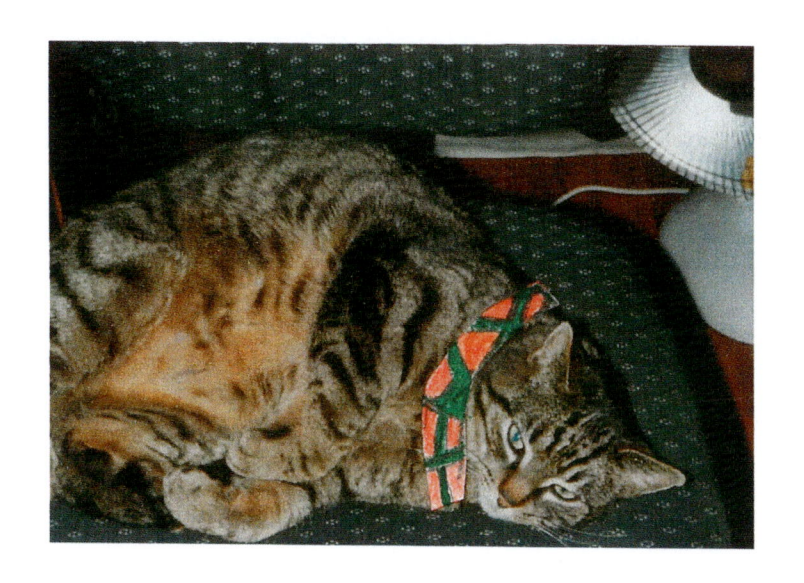

Armer Hämpfel bist Du krank? – Des wird schon wieder.

Meinem „Lebensretter" hat er wie immer, wenn wir hier waren, einige von den bedruckten Scheinen abgeknöpft, woraufhin der sich auch noch bedankte und wir konnten endlich wieder nach Hause.

In den nächsten Tagen bekam ich Nassfutter. Ich hasse Nassfutter! Aber was blieb mir übrig, wenn ich nicht verhungern wollte? Ich hatte ja keine Wahl und außerdem muss ich ja schließlich auch auf meine Figur achten. Und da bekanntlich „Not kein Gebot kennt", gab ich mich ausnahmsweise mit diesem „Batz" zufrieden.

Erst habe ich aber nur die Sauce abgeschleckt, die schluckte sich noch am leichtesten. Die Bröckelchen hat dann meine „Nahrungsmittelzerkleinerin" noch ein bisschen kleiner geschnitten und mit etwas warmem Wasser vermischt.

So konnte ich wenigstens etwas feste Nahrung zu mir nehmen und ich „fiel nicht vom Fleisch".

Mit jedem neuen Tag ging es mir wieder besser und auf einmal konnte ich dieses widerliche, breiige Zeug nicht mal mehr riechen. Ich wollte endlich meine Kräcker wieder haben.

Auch, wenn ich sie jetzt noch gut kauen müsste und nicht wie sonst, gierig hinunterschlingen konnte.

Ich habe das Zeug mit der Sauce einfach so lange nicht mehr angerührt, bis mir meine Kräcker wieder serviert wurden.

Manche Dinge muss man eben einfach aussitzen.

Mein
„Sommersitz"

Genau wie meine „Bronchitis". Die war kaum noch zu spüren. Nur wenn ich doch so gerne schnurren wollte, hat es sich angehört, wie eine Rasselkette.
Das ging noch eine längere Zeit so, doch ich war heilfroh, dass ich nicht mehr zu dem „Weißkittel" musste, wegen dieser „Lappalie".
Natürlich habe ich mir überlegt, wo ich mir diese Erkältung geholt haben könnte. Ob es vielleicht davon kam, dass ich mich gerne in den Laubhaufen kringle, den mir mein „Hausundhofmeister" immer zusammenrechert?
Darin raste ich auch gerne mal ein paar Stündchen. Da ist es nämlich sehr bequem. Es hält mich recht warm und vor allem falle ich darin kaum auf, so dass mich auch hier drinnen kaum jemand entdeckt.
Im Sommer kommt mein Häuschen neuerdings auf ein Gestell, das aus den dicken Ästen gebastelt wurde, die von dem großen Baum stammen, der mitten im Hof steht. Das ganze Gebilde steht genau über dem Laubhaufen. Oder rechelt er das Laub absichtlich dahin? Ist ja auch egal.
Auf jeden Fall schützt es mich und meinen Laubhaufen vor leichterem Regen und oberflächlichen Blicken der vielen „Hausgäste", die immer kommen und gehen, und natürlich auch vor den bellenden „Jägern", die nicht so gute Augen haben und deren Geruchssinn offensichtlich auch nicht mehr einwandfrei funktioniert.

Nur die Zecken fühlen sich hier halt leider auch sehr wohl. Das ist nicht gerade erfreulich, aber es hält sich in Grenzen und mit den paar „Minivampiren" wird mein „Zeckenzangenhaber" auch noch fertig.

Ein richtiges Drama war dagegen die Sache mit der Schlingenfalle. Das hätte mir tatsächlich mein Leben kosten können und es war denkbar knapp.
Dabei wollte ich doch nur einen Spaziergang zu dem Bauernhof machen, um mal wieder nach den „riesigen Wesen" zu sehen, die den ganzen Tag herumstehen, Gras kauen und ab und zu „Muh" sagen. Damit ich nicht zu viel gehen müsste, (schließlich zählt bei mir jeder Schritt), hämpfelte ich also davon und versuchte quasi per Luftlinie mein Ziel zu erreichen.

Auf diesem Schleichweg musste ich durch eine dunkle Schlucht und so ganz alleine war mir eh schon mulmig. Um mich etwas abzulenken redete ich mit mir selber und tat so, als wären wir, wie früher, zu zweit, als mein Freund der „kleine schwarze" noch da war. Die unheimliche Schlucht lag beinahe schon hinter mir, als mich, kurz bevor ich wieder auf die weite, helle Wiese kam, plötzlich etwas an meinem Hinterbein so festhielt, dass ich nicht mehr weitergehen konnte. War ich doch tatsächlich in eine Falle getreten.

Je mehr ich daran riss, desto enger zog sich die Schlinge um mein Bein.
Ich hab an der dicken Schnur gerissen, gezogen und gebissen, aber ich kam nicht los. Hab laut geschrien und geweint und immer wieder von neuem gerissen, gezogen und gebissen.

Stocknarrisch bin ich geworden und vor lauter Wut habe ich nicht mal gemerkt, dass ich schon lange Hunger hatte.
Doch ich war so beschäftigt, dass ich nicht einen Gedanken daran verschwendet habe.
Durch das ständige hin- und herwetzen der Schlinge waren an der Stelle schon meine ganzen Haare herausgerissen, aber ich hab sogar weitergemacht, als es bereits dunkel war. Was blieb mir auch anderes übrig? Wiedereinmal hatte ich keine Wahl.
Irgendwann, als ich gerade überlegte, warum mein Bein jetzt auch noch schmerzte, schlief ich völlig erschöpft ein.

Als ich am nächsten Morgen wieder erwachte, hat mir zuallererst einmal mein Magen lautstark klar gemacht, dass es ihn auch noch gab und er knurrte so laut, als wollte er mir drohen. Sowie jedoch mein Blick auf mein gefangenes Bein fiel und ich das ganze Ausmaß meiner „Befreiungsaktion" vom vorigen Tag erkannte, bin ich so erschrocken, dass mir der Appetit mit einem Schlag gründlich vergangen ist.

Ich übertreibe wirklich nicht, wenn ich sage, dass mir speiübel geworden ist und ich kurz vor der Ohnmacht stand. Mein halbes Bein war jetzt nicht nur kahl, sondern eine einzige, offene Wunde, die blutig war und nässelte.
Mir wurde ganz schwarz vor den Augen, aber ich sagte mir, dass ich mich jetzt nicht gehen lassen durfte.

Ich musste mir selber helfen, denn hier kommt niemand her, der mich befreien könnte. Und wenn doch einer kommt, dann womöglich der, der die Falle gestellt hat. Dieser „Grattler!"

Angestachelt von diesem schrecklichen Gedanken zwang ich mich zur Eile und um mein lädiertes Bein etwas zu schonen, konzentrierte ich mich auf die Druchtrennung der Schlinge mit meinen Zähnen.

Und ich erkannte, dass die Lage nicht aussichtslos war, denn nicht nur mein Bein war angeschlagen, sondern auch die Schlinge hatte inzwischen dünnere Stellen vorzuweisen. Dadurch schöpfte ich neuen Mut und Kraft und machte mich höchst motiviert erneut an die Arbeit. Wusste ich doch inzwischen, dass ich erst wieder etwas zu kräckern bekommen würde, wenn ich es schaffte, mich selbst zu befreien.

Trotzdem dauerte es noch viele Stunden, bis ich endlich wieder frei war. Ich hatte mich gerettet. <u>Ich</u> ganz alleine.
Mein Stolz und meine grenzenlose Freude darüber begleiteten mich auf dem Weg nach Hause und ließen mich die Schmerzen vergessen.

Daheim angekommen dämmerte es bereits schon wieder und meine „Zuhausegebliebenen", die immer aus meiner Türe rauskommen, standen gerade vor dieser.
Als sie mich sahen, wirkten sie erleichtert, ich möchte sogar behaupten, geradezu erfreut. Allem Anschein nach hatten sie mich vermisst und nach mir gesucht. Aber natürlich konnten sie mich nicht finden, denn woher sollten sie wissen, wohin ich Trottel gelaufen war?

Mein erster Weg war, na klar, „Büro – links", gleich zu meinen Näpfen. Die standen alle noch so da, als ob ich niemals fort gewesen wäre. Es war ja eigentlich auch nur eine Nacht, doch diese kam mir vor wie eine Ewigkeit.
Nachdem ich Hunger und Durst gestillt hatte, wollte ich wieder davontrotten, aber jetzt waren es meine „Kräckergeber", die mich zurückhielten. Es ist ihnen wohl nicht entgangen, dass sich meine „Gangart" geändert hatte.

Und beim Anblick meines wehen Beines rissen sie voller Entsetzen die Augen auf. Daraufhin wurde es hektisch.
„Er" telefonierte und fragte nach Sprechstundenzeiten, während „sie" aus dem Keller schon wieder meinen „Transportkäfig" holte.
Sie sprachen über einen „abgefieselten Hähnchenschenkel" und meinten damit mein Bein.

Als sie mich in den Korb steckten, war ich mir völlig sicher, dass die Reise wieder zu dem „Weißkittel" gehen würde.
Doch da ich ja gegen die beiden sowieso keine Chance habe und genau wusste, wohin die Reise gehen würde, muckte ich dieses Mal kaum auf. Ungewöhnlich war nur, dass ich von beiden begleitet wurde.
Bei dem „Zweibeinhaber mit dem weißen Kittel", wurde es erwartungsgemäß noch einmal sehr ungemütlich.
Mit dem Teil, das immer pikst, hatte ich ja schon gerechnet, aber außerdem wurde mein wehes Bein gestreckt, gesäubert, eingesalbt und verbunden.
Ich hab gedacht, ich seh nicht richtig. Der „Weißkittel" hat doch tatsächlich sogar die Krallen eingebunden.
Das geht zu weit. Wie stellt er sich denn vor, wie ich so laufen sollte? Unmöglich! So ein Pfusch!.

Wieder Zuhause und kaum dem Korb entstiegen, rutschte ich auf dem glatten Boden entlang, drehte mich um die eigene Achse und vor lauter Panik krallte und biss ich meiner "Begleiterin" in den Knöchel.
Zum Glück hatte sie Stiefel an, so dass ich ihr nicht weh getan habe und sie nur sehr erschrocken ist. Denn weh tun wollte ich ihr auf keinen Fall. Es war nur so eine Art Reflex.

Durch das Mittel, das ich zuvor bekommen hatte, wurde ich dann endlich ruhiger und gaanz müde. Und während ich so darüber nachdachte, warum das Leben eines der härtesten sein konnte, bin ich in einen tiefen, erholsamen Schlaf gefallen.

Schmerzfrei, gut gelaunt und erneut voller Tatendrang bin ich am nächsten Morgen erwacht und wollte gleich mal um die Häuser ziehen. Da erst bemerkte ich, dass ich noch immer diesen dämlichen Verband hatte. Der störte mich wirklich gewaltig und durch meine inzwischen dazugewonnene Erfahrung in Sachen „Freiheit für das Gehgestell", war es für mich ein Klacks, mich von diesem lächerlichen, dünnen Verbandsmaterial zu befreien.

Nur meine „Beobachter", die immer auf mich aufpassen, waren jetzt wieder damit gar nicht einverstanden und eh ich's mich versah, landete ich schon wieder bei diesem „Viechdoktor". Einen Teilerfolg konnte ich dennoch erzielen, zum einen hatte er diesmal wenigstens meine Pfote frei gelassen und einem erneuten Anschlag mit dem „Pikser" bin ich auch entkommen.

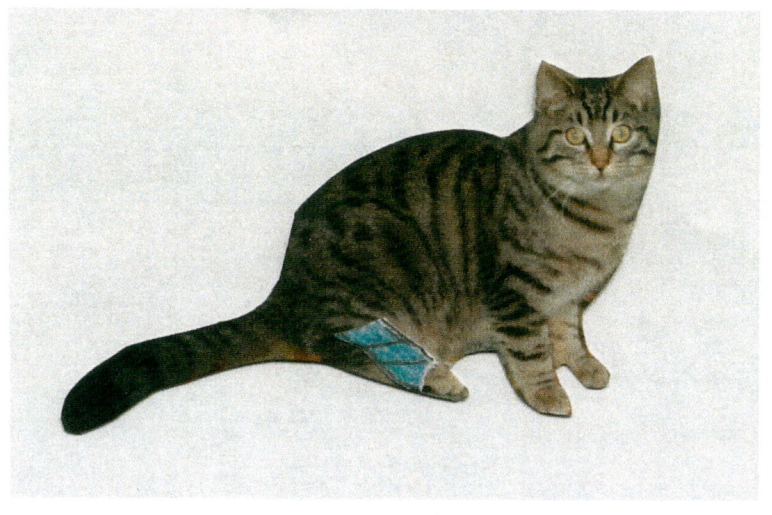

Mit diesem Kompromiss konnte ich es eine Weile aushalten. Schon nach ein paar Tagen wurde mir auch der übrige Verband wieder abgenommen und zur vollsten Zufriedenheit aller Anwesenden wurde festgestellt, dass sich die Wunde auf dem besten Weg zur Heilung befand.

Nach und nach wuchsen auch die Haare wieder und eines schönen Tages konnte man trotz intensiver Suche, gar nicht mehr erkennen, dass mein Bein jemals so kaputt gewesen ist.
Man könnte auch sagen:
„Über die Geschichte war nun Gras gewachsen."

Ich jedenfalls stand wieder da wie neu und die Erinnerung daran versuchte ich tunlichst zu verdrängen.
Denn ich weiß ja, auch meine Lebenserwartung ist zeitlich begrenzt, wie bei allen und die Sache hätte schon damals ganz anders ausgehen können.
Aber darüber will ich gar nicht weiter nachdenken.
Ich fände es nur <u>sehr</u> schade um mich!

Jetzt ist das Büchlein gleich zu Ende und ich hätte doch noch so viel zu erzählen. Aber ich denke eine Geschichte geht auf jeden Fall noch rein.
Und zwar eine lustige.

Es war wiedereinmal in der kalten Jahreszeit und meine „Zweibeinhaberin", die mir immer eine Möglichkeit gibt mich zu wärmen, und ich, hatten es uns in dem Raum gemütlich gemacht, in dem auch meine Näpfe mit den leckeren Sachen zu finden sind.

Weil „er" nicht da war, und „sie" sich mit dem „Assistentenstuhl" zufrieden gab, durfte ich auf dem „Chefsessel" mit den Rollen dran, ein Nickerchen machen. Plötzlich läutete die Glocke an meiner Haustüre und sie sah nach, wer es wohl war. Draußen standen zwei ältere „Zweibeinhaber", von der Sorte, die immer kommen und gehen, und da es recht frisch war, wurden sie hereingebeten.

Es stellte sich heraus, dass die beiden wieder hier ihren Urlaub verbringen wollten, aber da kein Platz mehr frei war, mussten sie sich woanders einquartieren. Nun kamen sie vorbei auf einen kurzen Besuch und schon wieder war kein Platz.

Zumindest nicht für uns alle vier. Meine „Platzanweiserin", stellte ihren Sitzplatz gleich einmal der Besucherin zur Verfügung, weil diese ja auch fast nichts mehr sehen konnte. Nun brauchte er noch einen Stuhl.

Und so nahm sie mich
hoch und wollte mich auf den Hocker vor das Heizgerippe
setzen. Dabei sagte sie: „Und der Herr Hämpfel darf sich da
rüber setzen, da stört er uns nicht weiter."

Nun hat sich der noch stehende Besucher zu Wort gemeldet
und mit erhobenem Zeigefinger protestierte er:
„Ähem. Entschuldigung. Haubner ist mein Name.
Herr Haubner. Nicht Herr Hämpfel."

Da hat der gute Mann doch tatsächlich angenommen, meine „Michaufdenarmnehmerin", würde zu ihm Herr Hämpfel sagen, wo doch *ich* der Herr Hämpfel bin und vor allem, meinte er doch glatt, *er* müsste auf den Sitzplatz in die Ecke, damit er nicht weiter stört.
Ha, Ha! Hatten die drei einen Spaß.
Alle lachten und schüttelten sich vor Freude.

Nur ich auf meinem Nebensitz nicht.

Und mir isses Wurscht!

H. H.